Der X-Klub

Eine Krinar Erzählung

Anna Zaires

♠ Mozaika Publications ♠

Veröffentlicht von Mozaika Publications, einer Druckmarke von Mozaika LLC.
www.mozaikallc.com

Lektorin: Kerstin Frashier

Cover by Najla Qamber Designs
www.najlaqamberdesigns.com

e-ISBN: 978-1-63142-064-1
ISBN: 978-1-63142-065-8

BESCHREIBUNG

Eine junge Journalistin. Ein Sexklub von Außerirdischen. Ein Krinar, der kein *nein* akzeptiert.

Amy Myers hat es satt, andauernd über Belanglosigkeiten zu schreiben. Sie möchte an ernsthaften Aufträgen arbeiten — und was wäre besser dafür geeignet, als etwas Neues über die mysteriösen Krinar herauszufinden, die Außerirdischen, die die Erde erst vor zwei Jahren übernommen hatten? Aber als sie Vair trifft, den dunklen und sexy Eigentümer des Manhattan X-Klubs, könnte sie mehr als das bekommen, was sie sich erträumt hatte ...

ANNA ZAIRES

ERSTES KAPITEL

Zwei Jahre seit der Invasion.

Amy Myers konnte es gar nicht glauben, dass die Invasion der Krinar schon vor zwei Jahre stattgefunden hatte und die Menschen fast nichts über diese Außerirdischen wussten, die die Erden übernommen hatten.

Frustriert nahm sie ihre Brille ab und rieb sich die Augen. Sie hatte den ganzen Tag auf den Bildschirm geschaut und konnte spüren, wie verspannt sie war. In den letzten zwei Wochen hatte sie im Internet alle verfügbaren Informationen über die Krinar recherchiert. Sie hatte zu dem Zeitpunkt beschlossen, sich zu beweisen, indem sie einen enthüllenden Bericht über die Eindringlinge schrieb. Aber alles, was sie bis jetzt hatte, waren Gerüchte, eine große Anzahl von Berichten unglaubwürdiger

Augenzeugen und genauso viele unbeantwortete Fragen wie zuvor.

Zwei Jahre nach dem K-Day und den Ks — oder Krinar, wie sie gerne genannt wurden, — waren diese Außerirdischen noch genauso geheimnisvoll wie am Tag ihrer Ankunft.

Amys Computer piepte und riss sie damit aus ihren Gedanken. Als sie auf den Bildschirm blickte sah sie, dass sie eine E-Mail von Ihrem Herausgeber bekommen hatte. Richard Gable wollte wissen, wann sie den Artikel über die siamesischen Hundebabies fertig hätte.

Amy seufzte und rieb sich erneut ihre Augen. Sie konnte sich nicht erklären, wie diese ganzen seichten Themen ausgerechnet auf ihrem Schreibtisch landeten. Genauso war es immer gewesen, seit Amy vor drei Jahren den Job bei der Zeitung angenommen hatte. Und sie hatte es satt. Sie war jetzt vierundzwanzig Jahre alt und hatte genausoviel Erfahrung darin einen Artikel über wirkliche Nachrichten zu schreiben wie ein Student.

Jetzt reicht es, hatte sie letzten Monat beschlossen. Wenn Gable ihr keine ernsthafte Arbeit zuteilen wollte, würde sie selbst eine Story finden. Und was könnte interessanter und umstrittener sein als diese geheimnisvollen Wesen die die Erde besetzt hatten und jetzt in Mitten der Menschen lebten? Wenn sie etwas über die Ks aufdecken könnte — irgendetwas — das wahr war, dann wäre sie schon ein ganzes Stück weiter damit, zu beweisen, dass sie auch über größere Angelegenheiten schreiben konnte.

Sie setzte sich ihre Brille wieder auf und schrieb schnell eine E-Mail an Gable, um ein paar Tage mehr Zeit für den Artikel über die Hundewelpen zu bekommen. Ihre Entschuldigung ihm gegenüber war, dass sie einen Tierarzt interviewen wollte und Probleme damit hatte, ihn zu erreichen. Das war natürlich eine Lüge, sie hatte den Tierarzt und den Eigentümer sofort interviewt, als sie den Auftrag bekommen hatte. Sie wollte einfach ein paar Tage lang Ruhe vor neuen unbedeutenden Themen haben. Es würde ihr die Zeit geben ein interessantes Thema zu verfolgen, über welches sie bei ihren Nachforschungen gestolpert war: die sogenannten X-Klubs.

»Hallo Süße, hast du heute Abend schon etwas vor?«

Als Amy diese bekannte Stimme hört dreht sie sich mit ihrem Stuhl um und grinst Jay an, ihren Kollegen und besten Freund. »Nein«, erwiderte sie erfreut. »Nur noch etwas zu Ende schreiben und dann ein wenig auf meinem Sofa lümmeln.«

Jay seufzt dramatisch und blickt sie künstlich vorwurfsvoll an. »Amy, Amy, Amy ... Was soll ich nur mit dir machen? Es ist Freitagabend und du bleibst zu Hause?«

»Ich erhole mich immer noch vom letztem Wochenende«, erklärte Amy mit einem noch breiteren Grinsen. »Also denk gar nicht erst daran, mich so schnell wieder ins Nachtleben zu zerren.

Eine Nacht Jay-Style-Party reicht erst einmal für mich.«

Jay-Style-Partys waren ein einzigartiges Erlebnis. Es handelte sich dabei um einige Wodkas pur am frühen Abend, danach einen Zug durch die Klubs und einem Frühstück im koreanischen 24 Stunden Imbiss. Amy hatte nicht gelogen als sie behauptete, sich immer noch davon zu erholen — die Kombination aus Wodka und koreanischem Essen hatte ihr einen Kater beschert, der sich angefühlt hatte wie eine ernstzunehmende Lebensmittelvergiftung. Sie hatte sich am Montag kaum aus dem Bett schälen können um zur Arbeit zu gehen.

»Ach komm«, versuchte er sie zu überreden und seine braunen Augen hatten dabei diesen Hundeblick. Mit seinen vollen Wimpern und seinen feinen Gesichtszügen war Jay fast zu hübsch für einen Mann. Hätte er nicht so einen muskulösen Körper, hätte er fast als Frau durchgehen können. So wie er war, zog er jedenfalls Männer genauso wie Frauen an — und ihm gefielen beide gleich gut.

»Tut mir leid Jay. Vielleicht nächste Woche.« Worauf Amy sich jetzt wirklich konzentrieren musste war ihr Artikel über die Ks... und die geheimnisvollen Klubs die sie angeblich besaßen.

Jay seufzte erneut. »Na gut, wie du möchtest. Woran arbeitest du gerade? An dem Hundewelpen Artikel?«

Amy zögerte. Sie hatte Jay noch nichts von ihrem Projekt erzählt, was hauptsächlich daran lag, dass sie sich nicht blamieren wollte, falls sie keine gute Story finden konnte. Jay bekam kaum bessere Aufträge als sie, aber ihn störte das auch nicht weiter. Sein Lebensinhalt war es, sich zu amüsieren. Alles andere, einschließlich seiner Karriere als Journalist, war dagegen zweitrangig. Für ihn war Ehrgeiz etwas, das er nur bedingt als nützlich betrachtete und deshalb kam er bei ihm auch nur selten zum Vorschein. »Ich möchte nur nicht, dass meine Eltern mich für einen kompletten Nichtsnutz halten«, hatte er Amy einmal seine Einstellung zur Arbeit erklärt.

Amy dagegen wollte mehr sein als kein Nichtsnutz. Es ärgerte sie, dass der Verleger einen Blick auf ihre rotblonden Haare und ihre puppenartigen Gesichtszüge geworfen und sie in die Seichte-Themen-Schublade gesteckt hatte. Sie würde denken, dass Gable sexistisch sei, täte er nicht das gleiche mit Jay. Ihr Herausgeber hatte nichts gegen Frauen; er beurteilte schlicht und ergreifend die Fähigkeiten von Menschen nach ihrem Aussehen.

Amy entschied sich schließlich dazu, ihren Freund einzuweihen. »Nein, nicht die Hundewelpen Geschichte. Ich bin gerade dabei, für ein eigenes Projekt zu recherchieren.«

Jay zog seine Augenbrauen hoch. »Ach?«

»Hast du schon einmal von den X-Klubs gehört?«, wollte sie von ihm wissen und blickte sich dabei schnell um, um sich zu vergewissern, dass ihnen niemand zuhörte. Zum Glück war das Büro fast leer. Der einzige, der sich noch mit im Raum befand war ein Praktikant, der auf der anderen Seite des Ganges arbeitete. Es war fast 16.00Uhr an einem Freitag und die meisten anderen hatten Entschuldigungen dafür gefunden, diesen sommerlichen Nachmittag außerhalb des Büros zu verbringen.

Jays Augen wurden groß. »X-Klubs? So wie Xeno-Klubs?«

»Ja.« Amys Puls raste vor Aufregung. »Hast du von ihnen gehört?«

»Sind das nicht diese Orte, zu denen die Menschen gehen, die verrückt nach diesen Außerirdischen sind? Die sich einen K für eine Nacht angeln wollen?«

»Genau die.« Amy grinste ihn an. »Ich habe heute das erste Mal von ihnen gehört. Kennst du irgendjemanden, der schon einmal dort gewesen ist?«

Jay legte seine Stirn in Falten, was bei seinem normalerweise fröhlichen Gesicht eigenartig aussah. »Nein, nicht wirklich. Es gibt da natürlich immer den Freund des Freundes des Freundes, aber niemanden, den ich persönlich kenne.«

Amy nickte. »Genau. Und dabei kennst du halb Manhattan. Diese Klubs, wenn sie wirklich existieren, sind also ein wohl behütetes Geheimnis. Kannst du dir diese Story vorstellen?« Und in ihrer besten Moderatorenstimme kündigte sie dramatisch an: »Klubs von Außerirdischen im Herzen New York Citys? *Der New York Herald* berichtet über die neuesten Aufdeckungen über die Ks!«

»Bist du dir da sicher?« Ihr Freund sah aus als habe er seine Zweifel. »Ich habe gehört, diese Klubs befänden sich in der Nähe ihrer Siedlungen. Meinst du es gibt auch welche hier in New York City?«

»Ich glaube schon. Im Internet kursieren Gerüchte über einen Klub in Manhattan. Ich will ihn finden und herausbekommen, um was es sich dabei genau handelt.«

»Amy ... Ich weiß nicht, ob das so eine brillante Idee ist.« Amy war überrascht zu sehen, dass Jay von diesem Gedanken eher beunruhigt als aufgeregt war. Die für ihn so untypischen Falten auf seiner Stirn vertieften sich. »Du willst den Krinar nicht in die Quere kommen.«

»Niemand will ihnen in die Quere kommen — das ist ja auch der Grund dafür, dass wir immer noch nichts über sie wissen.« Amy anfänglicher Frust kam zurück. Es ärgerte sie, dass alle immer noch so viel Angst vor den Eindringlingen hatten. »Alles was ich möchte ist einen Artikel über sie zu schreiben. Genau genommen über einige Orte, die sie angeblich häufig besuchen. Das wird ja wohl erlaubt sein. Wir haben ja schließlich immer noch Pressefreiheit in diesem Land, oder nicht?«

»Vielleicht«, meinte Jay. »Oder auch nicht. Ich persönlich denke, dass sie jede Art von Informationen entfernen, von der sie nicht möchten, dass sie bekannt wird. Auch wenn es früher so war, dass alles, was seinen Weg ins Internet gefunden hatte, dort für immer blieb, so ist es nicht mehr.«

»Du denkst, sie könnten meinen Artikel irgendwie verhindern?«, wollte Amy besorgt wissen. Jay zuckte mit den Schultern.

»Keine Ahnung«, erwiderte er, »aber wenn ich du wäre würde ich mich auf den Hundebaby Artikel konzentrieren und die Ks vergessen.«

* * *

Es war schon fast 20.00 Uhr als Amy endlich etwas darüber fand: in einem undurchsichtigen Online Sex Forum wurde erwähnt, wo sich ein X-Klub befand. Die Angabe versteckte sich in einem langatmigen — und unglaubwürdig klingenden — Bericht darüber, wie jemand angeblich eine Gruppe K's kennengelernt und mit ihr die Nacht verbracht hatte. Das ekstatische Gefühl, welches der Mann beschrieb hörte sich für Amy verdächtig nach Drogenkonsum an. Es gab ähnliche Geschichten im Internet die zu allen möglichen Gerüchten über die Eindringlinge geführt hatten ... bis hin zum Vampirismus.

Amy glaubte nicht daran, allerdings misstraute sie Gerüchten grundsätzlich. Sie mochte Tatsachen; deshalb hatte sie ja auch Journalismus gewählt, anstatt Science Fiction Romane zu schreiben.

Der Erzählung des Mannes nach war er nach seinem Essen im Meatpacking District in diesem Klub gelandet. Er erwähnte den Namen des Restaurants in dem er gegessen hatte und schrieb weiter, dass sich der Klub genau auf der gegenüberliegenden Straßenseite befand.

Damit hatte Amy eine heiße Spur.

Sie sprang auf, schnappte sich ihre Tasche und eilte aus dem Büro. Auf ihrem Weg nach draußen nickte sie noch schnell dem Wachmann zu.

Es schien, als sollte ihre Freitagnacht doch noch um einiges aufregender werden.

ZWEITES KAPITEL

»Du musst nicht mit mir mitkommen«, wiederholte Amy zum fünften Mal und blickte Jay genervt an. Sie hatte den Fehler gemacht, ihm in einer Nachricht von ihren Plänen zu erzählen. Zwanzig Minuten später war er mit seinem besten Kluboutfit bekleidet bei ihr zu Hause erschienen und versuchte sie seitdem davon zu überzeugen, nicht zu gehen.

»Wenn du gehst, dann komme ich mit«, erwiderte er stur. »Ich denke keiner von uns beiden sollte das tun, aber du meine Süße bist verrückt wenn du denkst, ich lasse dich alleine dorthin gehen.«

»Du willst doch nur dass dein Name in meiner Story auftaucht«, lästerte Amy während sie ihren Kopf nach unten beugte um sich Mousse in ihre Haare zu kneten. Ihr rotblondes Haar war von Natur aus sehr fein und glatt, aber wenn sie genug Festiger benutzte, gelang es ihr, es in sexy Wellen zu legen. Normalerweise stand sie nicht auf einen Sexy Look, aber in diesem Fall war er wichtig. Die Ks sahen nicht nur einfach menschlich aus, sondern umwerfend ... und dem nach zu urteilen, was Amy im Internet gelesen hatte, wollten sie, dass ihre menschlichen Sexualpartner fast genauso gut aussahen wie sie selbst.

Amy war sich ziemlich sicher, dieses Kriterium nicht zu erfüllen, aber sie hoffte mit ausreichend Makeup — und mit Kontaktlinsen anstatt einer Brille — gut genug auszusehen, um in den Klub gelassen zu werden.

»Unsere Namen werden in die Geschichte eingehen«, sagte Jay dunkel. »Ich kann es schon sehen: *Zwei Journalisten werden vermisst. Sie wurden zuletzt im Meatpacking District gesehen.*«

»Ach, jetzt hör aber auf.« Amy richtete sich auf und begann damit, sich ihre langen braunen Wimpern zu tuschen. »Seit wann hast du Angst davor in einen Klub zu gehen? Du machst die ganze Zeit über verrückte Sachen—«

»Ja, weil es mir Spaß macht, aber nicht um meinem idiotischen Boss etwas zu beweisen«, entgegnete er. »Und keine einzige Saufparty kann mit dem Versuch verglichen werden, sich Zugang zu einem Sex Klub von Außerirdischen zu verschaffen. Du kannst den Unterschied zwischen einem entspannenden Joint und dem hier erkennen, oder?«

»Ja, ja«, murmelte Amy und trug Rouge auf ihre blassen Wangen auf. »Wie gesagt, ich habe dir das ja auch nur geschrieben damit du weißt wo ich bin. Du musst nicht mit mir mitkommen.«

»Doch, das muss ich.« Jay warf ihr einen Sei-Mal-Realistisch Blick zu. »Du bist meine einzige weibliche Freundin. Denkst du ich lasse es zu, dass du in einem Raumschiff entführt wirst?«

»Sie Leben in Siedlungen auf der Erde, Dummkopf.« Amy grinste ihn durch den Spiegel an. »Warum sollten sie mich auf ein Raumschiff mitnehmen?«

»Wer weiß das schon?«, antwortete er und ließ sich auf ihr Sofa fallen. »Vielleicht mögen sie niedliche Blondinen mit grünen Augen die auf der Arbeit Brille tragen um cleverer auszusehen.«

»Ja. Bestimmt bin ich genau ihr Typ.« Lachend fuhr Amy mit ihren Händen an ihrem blauen, eng anliegenden Kleid hinunter. Mit ihren ausladenden Hüften hatte sie nicht gerade Modelmaße, aber sie mochte ihre Figur im Großen und Ganzen. Ihren Ex-Freunden schien ihr runderer Po auch gefallen zu haben; einer von ihnen behauptete sogar, dass sei der beste Teil ihres Körpers.

»Man kann nie wissen«, beharrte Jay. »Ehrlich Amy, mir wäre es lieber du würdest das Ganze noch einmal überdenken. Bist du dir im Klaren darüber, dass sie mit dir in dem Klub machen können, was sie wollen ohne dass jemand sie aufhalten kann? Unsere Gesetze gelten für sie nicht. Sie könnten dich umbringen und niemand würde mit der Wimper zucken, Abkommen hin oder her. Das hast du verstanden, stimmt's?«

»Natürlich habe ich das.« Amy wurde dieser Unterhaltung langsam überdrüssig. Manchmal konnte Jay sich aufführen wie ein Hund mit einem Knochen. »Ich bin doch nicht von gestern. Ich weiß, wie gefährlich die Krinar sein können. Ich habe die Videos von ihnen gesehen, in denen sie Menschen in Stücke reißen und ich habe die Augenzeugenberichte über sie gelesen. Aber wir sind Journalisten. Unsere Aufgabe ist es, Geschichten zu recherchieren, wichtige Wahrheiten zu enthüllen und sie ans Licht zu bringen, auch wenn das mit Risiko verbunden sein sollte. Wir haben uns nicht für diesen Beruf entschieden um über siamesische Hundewelpen, Hochzeiten der höheren Gesellschaft oder den anderen Mist zu schreiben, den Gable uns zuteilt. Wir müssen uns auf echte Berichterstattung konzentrieren — und das hier ist unsere Chance.« Sie machte eine Pause und sah ihn abschätzend an. »Ich werde das hier machen — und du kannst entweder mitkommen oder nach Hause gehen.«

* * *

»Das hier ist das Restaurant«, sagte Amy als ihr Taxi vor einem schicken Hotel anhielt. Laut Google befand sich das Restaurant im Dachgeschoß des Gebäudes. »Und jetzt?«

»Jetzt gehen wir in ein paar richtige Nachtklubs und vergessen diese kranke Geschichte hier«, erwiderte Jay, stieg aus dem Taxi und öffnete ihre Tür für sie. »Du hast dich ja schon schick gemacht — es wird perfekt werden. Wir werden einen draufmachen, genau wie letztes Wochenende.«

Amy atmete genervt aus. »So etwas wie letztes Wochenende werde ich in nächster Zeit keinesfalls wiederholen — das habe ich dir auch schon gesagt. Wir sind nicht hier um zu feiern, sondern um zu beobachten.«

»Natürlich.« Jay hörte sich genervt an. »Wir gehen nur dort hinein, um schweigend ein paar Außerirdische zu beobachten — denen es nichts ausmachen wird, dass wir ihre Geheimnisse veröffentlichen wollen.«

Amy ignorierte ihn und versuchte herauszufinden wo der Klub *auf der gegenüberliegenden Straßenseite* sein könnte. Um sie herum war alles voller gut aussehender Menschen. Meatpacking war *das* Klubviertel Manhattans. Models, Promis, Menschen von der Wall Street und alle anderen vermischten sich auf den gepflasterten Straßen und in den schicken Klubs. Jeder versuchte mit Designer Taschen und Kleidung besser als die anderen auszusehen. Musik klang aus einigen offenen Türen und betrunkene Mädchen auf tödlich hohen Absatzschuhen kicherten und flirteten mit jedem Mann der sich ihnen näherte.

Amy musste zugeben dass die Ks clever waren, ihren Klub hier zu unterhalten; bei dieser schillernden Menschenmenge würde sogar ein Krinar nicht weiter auffallen.

Während sie das Gebäude auf der gegenüberliegenden Straßenseite betrachtete sah sie, wie sich eine Gruppe großer, langbeiniger Frauen einer unscheinbaren, braunen Tür näherte. Über der Tür gab es kein Schild oder irgendetwas anderes, das anzeigte, um was es sich hinter diesem Eingang handelte. Eine der Frauen klopfte an und die Tür schwang auf um die Gruppe eintreten zu lassen. Danach schloss sie sich sofort wieder.

Amys Spürsinn für gute Storys ging in Alarmbereitschaft. »Dort«, sagte sie, schnappte sich Jays Arm und zog ihn hinter sich her über die dichtbefahrene Straße.

»Woher weißt du das?« Seine Stimme hatte einen leicht ängstlichen Unterton. »Hast du einen von ihnen gesehen?«

»Nein.« Amy ignorierte das Hupen der Taxen als sie einigen Autos den Weg abschnitt. »Aber ich denke ich habe einige Damen gesehen, die ihr Typ sein könnten.«

»Ihr Typ?«

»Sie sahen den Krinar ähnlich«, erklärte ihm Amy und schlängelte sich durch die Menschenmassen auf dem Bürgersteig. »Groß, umwerfend ... wie Supermodels.«

»Das hat nichts zu bedeuten—«

»Komm, lass es uns ausprobieren und dann werden wir's ja sehen«, unterbrach ihn Amy und hielt vor der braunen Tür an. Sie drehte sich zu Jay um und fragte: »Bereit?«

»Nein«, erwiderte er mürrisch aber Amy war schon dabei an die Tür zu klopfen.

Einige Sekunden lang passierte nichts. Dann öffnete sich die Tür lautlos und gab den Blick auf einen schmalen Flur frei.

»Alles klar, jetzt geht's los«, flüsterte Amy Jay zu und trat ein.

Jay folgte ihr schweigend.

Als sie ohne ein Wort zu sagen den Flur entlang gingen spürte Amy, wie ihr Herz immer schneller schlug. Würde sie sie jetzt wirklich sehen? Die Eindringlinge die sie bis jetzt nur aus dem Fernsehen kannte?

Am Ende des Flurs befand sich eine weitere Tür — diese war metallisch grau. Da sie geschlossen war klopfte Amy erneut da ihr nichts Besseres einfiel.

Dann wartete sie.

Und wartete.

Und wartete.

»Ich glaube sie lassen uns nicht hinein«, flüsterte Jay nach einer Minute. »Vielleicht sollten wir besser gehen.«

»Noch nicht«, flüsterte Amy zurück. Sie wollte es zwar nicht zugeben, aber einmal hier drin wurde sie auch langsam nervös. Das volle Ausmaß dessen was sie gerade tat wurde ihr langsam bewusst. Wenn das hier wirklich der X-Klub war, von dem sie gehört hatte, befanden sich auf der anderen Seite der Tür Wesen von einem anderen Planeten — von einer uralten Zivilisation die angeblich das Leben auf die Erde gebracht hatte.

Jetzt klopfte ihr das Herz bis zum Hals.

Sie nahm ihren ganzen Mut zusammen, klopfte erneut an und rief: »Hallo?«

Jay schluckte hörbar neben ihr und sein Gesicht wurde bleich.

»Hallo?« Amy rief noch einmal, diesmal lauter. Nervös oder nicht, sie hatte nicht vor zu gehen, bevor sie nicht alles versucht hatte.

»Amy, lass uns umkehren—«

Die Tür ging leise auf.

Im Türrahmen stand ein Mann, der mit seinem breitschultrigen Körper fast den ganzen Eingang versperrte. In dem gedämpften Licht konnte Amy von seinem Gesicht nur die hohen Wangenknochen und ein Kinn erkennen, welches aussah wie aus Granit gemeißelt. Seine Augen glitzerten dunkel unter vollen Augenbrauen und seine Kleidung war hell, fast weiß.

Unfähig sich zu bewegen starrte Amy ihn an. Könnte es sein ...? Könnte er ...?

Der Mann lächelte und seine Zähne blitzten in dem bronzefarbenen Gesicht weiß auf. »Herzlich willkommen«, sagte er leise, trat zur Seite und bedeutete ihnen einzutreten.

DRITTES KAPITEL

Amy trat mit klopfendem Herzen ein, dicht gefolgt von Jay.

Der Raum den sie betraten war nur spärlich beleuchtet und völlig leer. Keine Möbel, keine Menschen — nur der Mann der ihnen die Tür geöffnet hatte. Er stand ruhig da und betrachtete sie mit seinem dunklen Blick.

Die Tür hinter ihnen schloss sich.

Amy wischte sich verstohlen ihre schweißigen Hände vorne an ihrem Kleid ab und hoffte dabei, dass der Mann ihre nervöse Geste nicht bemerkte.

»Hallo«, sagte Jay und kam ein Stück nach vorne um sich neben Amy zu stellen. Zu ihrer Überraschung hatte er eine sichere Stimme und ein Lächeln auf dem Gesicht, welches er sonst nur beim

Flirten zeigte. »Wir haben gehört hier findet eine Party statt. Stimmt das?«

Der Mann zögerte einen Moment mit der Antwort, was Amys Angst auf Rekordhöhen ansteigen ließ. Als er dann sprach, klang seine Stimme sehr amüsiert. »Das könnte man so sagen.«

»Großartig.« Jay strahlte ihn an. »Dafür sind wir hierhergekommen.«

Amy spürte eine Welle der Bewunderung für ihren Freund in sich aufsteigen. Sie hatte immer gewusst dass Jay im Umgang mit anderen hervorragend war, aber das hier war nicht gerade das typische Party Ambiente. Obwohl er nicht begeistert davon war hier zu sein, war Jay offensichtlich bestens vorbereitet.

»Alle beide?«, wollte der Mann immer noch belustigt von ihnen wissen.

»Ja.« Amy zwang sich zu einem strahlenden Lächeln. Wenn Jay das konnte, sollte sie das auch hinbekommen. »Wir sind sehr ... neugierig.«

»Aha.« Der Mann lachte. Es war ein leises, sinnliches Geräusch welches ihr einen Schauer den Rücken hinabjagte. »Neugierig also. Dann folgt mir einfach.«

Er drehte sich herum und begann auf die Tür am anderen Ende des Raumes zuzugehen. Amy Herz setzte einen Schlag lang aus. Wie die Ks im Fernsehen schien auch dieser Mann nicht einfach zu laufen — er schwebte. Jede seiner kraftvollen Bewegungen war voller unmenschlicher Anmut.

Sie hatte keine Zweifel mehr.

Sie hatte soeben ihren ersten Krinar getroffen.

Jay berührte ihren Arm und sie blickte ihn an. Auf seinem Gesicht konnte sie die gleiche Bewunderung und Aufregung sehen, die sie selber fühlte. »Oh mein Gott«, konnte er von ihren Lippen ablesen und nickte mit vor Aufregung weit aufgerissenen Augen.

»Na komm«, formte Amy lautlos mit ihrem Mund und deutete mit ihrem Kinn Richtung Krinar. Sie eilten ihm hinterher und mussten fast rennen, um Schritt halten zu können.

Der K hielt vor einer Wand am anderen Ende des Raumes an und machte eine kurze Bewegung mit seiner Hand. Zu Amys Erstaunen löste sich die Wand auf und gab eine ovale, mannshohe Öffnung frei. Es gelang ihr gerade so, ein hörbares Einatmen zu vermeiden. Sie hatte natürlich gewusst, dass die Krinar fortschrittlichere Technologien besaßen, aber sie hatte sie noch niemals zu Gesicht bekommen.

Das würde definitiv in ihren Artikel einfließen.

Während sie im Kopf den ersten Abschnitt ihres Artikels zusammenfügte, ging der K durch die Öffnung und verschwand auf der anderen Seite. Da sie ihn nicht verlieren wollte schlüpfte Amy schnell selber durch die Öffnung und ihr dicht auf den Fersen Jay.

Sie kamen in einem dunklen Flur heraus. Nachdem sie etwa drei Meter gegangen waren befanden sie sich vor einer weiteren Wand. Der Krinar wartete auf sie und erschuf dann wieder eine

Öffnung, durch die Amy bunte Lichter sehen und Musik hören konnte.

»Wir sind da«, sagte der K mit einem Englisch, das genauso perfekt war wie das eines jeden anderen Amerikaners. Amy hatte sich immer gefragt wie das möglich war — woher die Außerirdischen die Sprachen der Erde so gut kannten. Es wurde spekuliert, dass sie eine Art neuronale Sprachimplantate besäßen, aber das wusste niemand sicher.

Das könnte eine weitere Sache sein, der Amy heute Nacht nachgehen konnte.

»Wow, wie cool«, rief Jay aus und spielte damit seine Rolle des verrückten Partygängers perfekt. »Ich liebe das, was ihr macht.«

Der Krinar zog seine Augenbrauen in die Höhe aber ignorierte diese Aussage ansonsten. Stattdessen ging er mit dieser beeindruckenden, tierartigen Anmut hinein. Jay, der seine ganze Vorsicht abgelegt hatte, folgte ihm ohne zu zögern. Nach einem kurzen Moment des Überlegens ging Amy den beiden hinterher. Ihr Herz klopfte wild aus einer Mischung aus Beklemmung und Vorfreude.

Sie befanden sich offiziell in einem X-Klub.

* * *

Das erste, was Amy auffiel, war die Musik. Vor der Öffnung hatte sie nur den pulsierenden Beat wahrgenommen. Hier drinnen konnte sie allerdings die weinenden Untertöne eines unbekannten

Instrumentes hören, die mit stärkeren Vibrationen gemischt waren. Diese Musik war nicht besonders laut aber hüllte sie ein, legte sich wie ein Kokon aus Melodie um sie.

Über die Musik hinweg konnte sie Lachen und das Gemurmel von Gesprächen hören. Der große Raum war voller Personen — auch wenn sie sich nicht sicher war, ob Personen das richtige Wort war, da viele der anwesenden Individuen Krinar waren. Die Außerirdischen waren leicht zu erkennen: sie waren alle dunkelhaarig und besaßen diese umwerfende Schönheit die man sonst nur von Supermodels kannte. Eine Zeitlang war das Gerücht umgegangen, dass die Krinar gar keine biologischen Wesen seien und Amy konnte sich gut vorstellen, auf was es zurückzuführen war. Die Ks waren nicht nur unglaublich stark und schnell, sie waren auch ansonsten fast zu perfekt um echt zu sein.

Oder zumindest zu perfekt um menschlich zu sein.

Der Raum selbst war spärlich mit Tischen in den Ecken möbliert. Sie schienen die K Version einer Bar zu sein. Amy sah, dass Menschen und K sich in ihrer Nähe aufhielten und Gläser mit verschiedenen Flüssigkeiten in ihren Händen hielten.

Die Beleuchtung des Raumes war sanft mit verschiedenen Nuancen warmer Farben, die miteinander vermischt wurden. Es passte hervorragend zu der hellen Kleidung der Ks. Der Stil der Bekleidung war nicht besonders exotisch — blasse, fließende Kleider für die Frauen und Shorts mit ärmellosen Shirts für die Männer — aber sie schmeichelte den Außerirdischen, da sie ihre goldenen Haut und ihre wohlgeformten, anmutigen Körper unterstrich.

Bevor Amy weitere Details ausmachen konnte, drehte sich der K der sie hineinbegleitet hatte um und blickte sie an. Ein schelmisches Halblächeln umspielte seine vollen, perfekt geformten Lippen.

»Neugier befriedigt?«, schnurrte er während er sie anschaute und Amy vergaß zu atmen, als sie ihn zum ersten Mal gut sehen konnte.

Der Krinar der vor ihr stand war von einer dunklen, satyrhaften Schönheit die gleichzeitig anziehend und verstörend war. Sein schwarzes Haar war glänzend und glatt. Es war gerade lang genug, um seine Ohren zu bedecken und locker auf seine Stirn zu fallen. Mit seiner männlichen Nase und seinem starken Kinn hätte er Model für eine Rekrutierungskampagne der Armee sein können. Allerdings hatte kein Soldat so einen anzüglich sinnlichen Mund oder Augen, die an Sex denken ließen.

Wunderschöne braune Augen mit langen Wimpern die jetzt mit unverblümtem männlichen Interesse über Amys Rundungen wanderten.

Zum ersten Mal seit ihrer Kindheit errötete Amy. Sie konnte nichts dagegen tun. Es war ein Gefühl als würde der Krinar sie mit seinem Blick ausziehen und sie nackt und verletzlich zurücklassen. Ihr Körper fühlte sich unangenehm warm an, ihre Atmung wurde schneller und ihr Puls stieg an.

Der K sah sie nicht einfach nur an. Er verschlang sie mit seinen Augen — und Amys Körper reagierte auf seinen Blick wie auf eine körperliche Berührung. Ihre Nippel verhärteten sich und flüssige Hitze begann sich zwischen ihren Beinen zu sammeln. Die Luft war so voll von konzentrierter sexueller Anspannung, dass Amy es quasi schmecken konnte. Als der K aufblickte und seine Augen auf ihr Gesicht gerichtet blieben, konnte sie ihn einfach nur anschauen. Sie war hoffnungslos gefangen in diesem dunklen, alles verzehrenden Blick.

»Und wer ist das, Vair?« Eine Frauenstimme zerstörte den Zauber und durchdrang die erotische Blase die sich um Amy und den K gebildet zu haben schien.

Dankbar für diese Unterbrechung holte Amy zitternd Luft und wand ihre Augen von dem Krinar ab, um zu sehen wer der Neuankömmling war.

Es war ein weiterer Krinar wurde ihr bei dem Anblick sofort klar. Die Frau lächelte verführerisch während ihre ganze Aufmerksamkeit Jay galt — der sie mit der gleichen hilflosen Faszination anstarrte, die Amy gerade durchlebt hatte.

Mist. Das war nicht gut. Das war überhaupt nicht gut. Jay war nicht gerade dafür bekannt, Versuchungen gut widerstehen zu können — und der weibliche Krinar der neben ihm stand war definitiv eine Versuchung.

Sie trug ein kurzes weißes Kleid, war fast 1.80 Meter groß und hatte gebräunte durchtrainierte Beine die unendlich lang zu sein schienen. Ihr

Körper war perfekt proportioniert. Er war schlank aber gleichzeitig weiblich, mit einer Taille die fast zu schmal für diesen Körper zu sein schien. »Alien Barbie«, schoss Amy durch den Kopf als sie die Frau betrachtete.

Eine sehr verführerische, außerirdische Barbie.

»Die beiden haben sich verlaufen und ich habe sie auf dem Eingangsflur gefunden«, antwortete der K — Vair — auf die Frage der Frau. Seine Lippen verzogen sich zu einem ironischen Lächeln als er hinzufügte: »Shira, ich möchte dir das neugierige Mädchen und den neugierigen Jungen vorstellen. Köstlich, findest du nicht auch?«

Bevor Amy sich überlegen konnte wie sie am Besten auf diese — beunruhigende — Beleidigung reagieren sollte, trat Jay einen Schritt nach vorne und streckte seine Hand aus. »Ich bin Jay«, sagte er mit rauer Stimme. »Es freut mich sehr, dich kennenzulernen ... Shira, richtig?«

Die Frau lachte mit einer tiefen, kehligen Stimme. »Ja, das stimmt, Süßer. Ich heiße Shira. Warum lässt du dich nicht ein wenig von mir herumführen?« Und damit umfasste sie Jays ausgestreckte Hand mit ihren langen Fingern und lenkte ihn mit geschmeidigen, katzengleichen Bewegungen zu einer der Bars.

Jay begleitete sie ohne zu protestieren. Er war zu hypnotisiert um sich an seine anfänglichen Bedenken zu erinnern — oder an die Tatsache, dass er hier war um Amy bei ihrer Story zu helfen und nicht um für diese Nacht das Sexspielzeug einer K Barbie zu sein.

»Mach dir keine Sorgen«, meinte Vair als könne er Amys Gedanken lesen. Seine Stimme klang dunkel und belustigt. »Shira wird sich seiner annehmen.«

Zögernd drehte Amy sich zu ihm um und ihr Herzschlag beschleunigte sich als sich ihre Blicke erneut trafen. »Ich mache mir keine Sorgen«, gelang es ihr zu antworten. »Wir sind ja schließlich hier um Spaß zu haben.«

»Natürlich seid ihr das, Liebling.« Vairs weiße Zähne blitzen auf. »Und den Spaß sollt ihr auch haben. Möchtest du etwas zu trinken oder möchtest du lieber tanzen?«

Amy blinzelte ihn an. »Tanzen?« Die Musik hatte einen guten Rhythmus, aber sie hatte nicht gerade Tanzflächen Lautstärke. Und niemand um sie herum tanzte.

Ganz zu schweigen davon, dass sie nicht vorhatte sich ihm auf einen Abstand zu nähern, der es ihm erlaubte sie zu berühren. Der Klub war zwar ein Ort um Ks kennenzulernen, aber Amy war aus einem anderen Grund hier.

»Ja, Tanzen.« Sein Lächeln verstärkte sich als er ihren ungläubigen Blick sah. »So hier.« Er machte eine kurze Bewegung mit seiner Hand und plötzlich verdunkelte sich der Raum. Das sanfte Licht bekam einen rötlich violetten Schimmer. Die Musik wurde schneller und lauter, der pochende Beat drang in Amys Körper ein. Um sich herum konnte Amy die sich verändernde Energie des Raumes spüren. Die Gespräche wurden leiser und aus den Gruppen bildeten sich Paare heraus, die begannen sich in tanzähnlichen Bewegungen zu wiegen.

Erschrocken wich Amy zurück. »Was ... wie—?«

»Mir gehört der Klub«, murmelt Vair und kam näher an Amy heran. »Habe ich vergessen das zu erwähnen?«

Amy musste schlucken. »Ja. Ich denke das hast du.« *Mist.* Das hier war der Klubbesitzer und es sah ganz so aus als wollte er sie aus irgendeinem Grund. Das war entweder ein großes Problem oder eine große Chance.

»Wie lange besitzt du den Klub schon?«, wollte sie von ihm wissen nachdem sich die Reporterin in ihr durchgesetzt hatte. Das war eine ausgezeichnete Möglichkeit Informationen zu bekommen — auch wenn das bedeutete, die Annäherungsversuche eines Außerirdischen abwehren zu müssen.

Die außerdem auch nicht annähernd so unwillkommen waren, wie sie eigentlich hätten sein sollen.

»Eine ganze Weile.« Vair kam näher und hielt weniger als dreißig Zentimeter vor ihr an.

Amy zog Luft ein bevor sie ihren Kopf nach hinten legte um zu ihm hochzuschauen. Es war wie einen Berg hinaufzuschauen. Sie hatte natürlich gewusst, dass er groß war, aber ihr war nicht klar gewesen wie extrem groß. Der Krinar war über 1.80 Meter groß und besaß Muskeln, auf die ein Bodybuilder stolz gewesen wäre. Er überragte ihre 1.68 Meter große Gestalt und sie fühlte sich, als sei sie ein kleines Kind. Selbst als Mensch wäre er unglaublich stark gewesen und die Krinar waren dafür bekannt, um einiges stärker zu sein.

Ihr Bauch zog sich aus Angst und Erregung zusammen als sie über die Tatsache nachdachte, dass er mit ihr alles tun konnte, was er wollte. *Ausnahmslos alles.* Wie Jay gesagt hatte, unterstanden die Krinar nicht den menschlichen Gesetzen.

»Wie lang ist eine Weile?«, hakte sie nach und versuchte dabei bestmöglich ihren rasenden Puls zu ignorieren. »Seit ihr hierhergekommen seid?«

Er lachte. »Nein, erst seitdem sich die Lage beruhigt hat.«

Aha. Endlich kamen sie der Sache näher. Amy nahm an, dass sein „sich die Lage beruhigt hat" eine schöne Umschreibung für das Ende der Großen Panik war — die dunklen Monate nach der Ankunft der Ks auf der Erde. Sollte das der Fall sein, gab es den Klub erst seit weniger als achtzehn Monaten.

Amy machte sich eine gedankliche Notiz und lächelte Vair ermutigend an. »Wie aufregend. Und wieso hast du ihn in New York aufmachen wollen? Ich dachte immer ihr würdet unsere Städte nicht mögen—«

»Warum sollte ich eure Städte nicht mögen?« Er zog seine Augenbrauen zusammen.

»Nicht du persönlich. Ich meine deine Rasse generell. Die Krinar.«

»Ich kann nicht für alle Krinar sprechen, Liebling.« Er sah belustigt aus. »Genauso wenig wie du für die ganze Bevölkerung der Erde sprechen kannst. Ich bin nur ein Individuum und mir gefällt diese Stadt. Sie ist sehr ... anregend.« Seine Augen wanderten wieder an Amys Körper hinunter und ließen keine Zweifel darüber aufkommen, welche Anregung ihm durch den Kopf ging.

Amy fühlte, wie ihre Wangen verräterisch warm wurden als ihr Körper erneut auf seinen Blick reagierte. »Ja, natürlich«, murmelte sie und zerbrach sich ihren Kopf um einen Weg zu finden, die Unterhaltung zu einem weniger sexuell geladenen Thema zu lenken. »Also, warum—?«

»Warum tanzen wir nicht?«, unterbrach Vair sie und Amy fiel auf, dass fast alle um sie herum sich im Takt der Musik bewegten — einschließlich Jay und seine Barbie am anderen Ende des Raumes.

Und bevor ihr eine gute Ausrede einfiel hatte Vair den restlichen Abstand zwischen ihnen aufgehoben, um sie in seine Arme zu ziehen.

VIERTES KAPITEL

Als Vairs kräftige Arme sich um sie schlossen und sie gegen seine muskulöse Brust zogen wurde Amys Atmung unregelmäßig und schnell. Sie spürte seine Wärme, atmete seinen sauberen, männlichen Geruch ein und eine Hitzewelle breitete sich in ihr aus während sich ihre inneren Muskeln zusammenzogen.

Diese heftige Reaktion auf ihn verstörte Amy. Peinlich berührt versuchte sie sich von Vair zu lösen und drückte sich mit ihren Handflächen von seiner Brust ab, um Abstand zu ihm zu gewinnen. »Warte, ich bin keine gute Tänzerin—«

»Das musst du auch nicht sein.« Er lächelte zu ihr hinunter und ignorierte ihre schwachen Versuche sich von ihm zu entfernen. »Ich werde führen.«

»Aber—«

»Entspann dich einfach, Liebling«, murmelte er und begann sich zu dem pulsierenden Rhythmus der Musik zu bewegen. Seine stahlharten Brustmuskeln spannten sich unter ihren Fingerspitzen an und sein Oberschenkel berührte ihre Beine. Amys Herzschlag erhöhte sich. »Ist das nicht der Grund dafür weshalb du hier bist?«

Amy holte zitternd Luft und ihre Gedanken rasten während sie in diesen dunklen, sinnlichen Blick versunken war. *Nein,* wollte sie schreien. *Nein, das ist er nicht.* »Ich wollte das hier einfach nur einmal mit eigenen Augen sehen«, flüsterte sie stattdessen und hoffte, diese Halbwahrheit würde sie vor dem Herausschmiss bewahren. Ihre Stimme hörte sich atemlos an, so als sei sie einen Kilometer lang gerannt. »Ich hatte noch nie einen Krinar mit eigenen Augen gesehen und war neugierig, so wie ich dir schon gesagt habe ... «

»Ach ja, deine berüchtigte Neugier.« Sein Lächeln wurde leicht belustigt. »Du weißt, wozu dieser Ort gedacht ist, kleiner Mensch?«

Amy befeuchtete ihre Oberlippe und zwang ihren frenetischen Herzschlag sich zu verlangsamen. »Natürlich. Aber dieses erste Mal möchte ich mich einfach nur umschauen. Ich hoffe, das ist kein Problem?« Falls es eines war, dann müsste sie schnell gehen. Sie hatte nicht vor mit irgendjemandem zu schlafen, um eine gute Geschichte zu bekommen.

So wichtig war ihre Karriere dann auch wieder nicht.

Als Vair ihre Antwort hörte verdunkelten sich seine Augen und das Lächeln verschwand aus seinem Gesicht. »Ich verstehe.«

Amy wartete darauf, dass er noch etwas sagte, aber er blieb stumm. Stattdessen hielt er sie weiter fest in seinen Armen so dass ihr nichts anderes übrig blieb als sich mit ihm zur Musik zu bewegen. Seine Hände lagen sanft auf ihren Hüften, aber jedes Mal wenn sie versuchte sich loszulösen, festigte sich sein Griff. Offensichtlich war er noch nicht bereit sie loszulassen. Nach einigen erfolglosen Versuchen sich diskret aus seiner Umarmung zu winden gab sie es auf, da sie kein Aufsehen erregen wollte.

Nur ein Tanz, sagte sie zu sich selber. *Es ist nur ein Tanz.* Ein Tanz war für sie in Ordnung, solange er auf nichts Anderes bestand — und zumindest im Moment sah es nicht so aus. Er hielt sie mit ausreichend Abstand fest, nah genug, damit sie sich seines warmen, muskulösen Körpers schmerzhaft bewusst wurde, aber nicht so nah, dass sie an ihm klebte. Einige Male dachte sie, sie habe etwas Hartes ihren Bauch streifen gefühlt, aber sie war sich nicht sicher, da die Berührung so kurz gewesen war.

Trotzdem war der Gedanke, dass es seine Erektion gewesen sein könnte — dass er sie auf diese Weise begehrte — fast genauso erregend wie beängstigend.

Artikel. Konzentriere dich auf den Artikel. »Also, Vair, erzähle mir ein wenig über dich.« Sie schaute ihm weiterhin ins Gesicht und hoffte, dass die Unterhaltung sie von dem wachsenden Verlangen tief in ihr drin ablenken würde. »Wieso bist du auf die Erde gekommen?«

Er lachte und seine Augen leuchteten. »Ich war gelangweilt.«

»Gelangweilt?« Sie hatte nicht erwartet so etwas zu hören. »Warum?«

»Weil Krina mir keine Unterhaltung mehr zu bieten hatte. Ich brauche viel Unterhaltung, verstehst du?«

Amy befeuchtete ihre Lippen. Sie hatte das Gefühl, dass sie sich jetzt gerade wieder auf gefährlichem Territorium befanden. »Was hast du auf Krinar gemacht? Beruflich meine ich?« Hatten die Krinar überhaupt Berufe? Sie war sich nicht sicher, aber es schien ein harmloseres Thema als das zu sein, was Vair zu seiner Unterhaltung tat.

»Beruflich?« Er lächelte verschmitzt. »Nicht viel. Oder zu viel. Hängt wahrscheinlich von der Perspektive ab denke ich.«

»Oh.« Amy blickt ihn verwirrt an. »Du meinst, du hast deinen Beruf gewechselt?«

»Das könnte man so nennen.« Er lachte leise und sah zu ihr hinunter. »Was ist mit dir, kleiner Mensch? Was machst du ... beruflich?«

»Ich beende gerade mein Studium«, log Amy. »Einen Master in englischer Literatur.«

»Einen Master?« Er hob seine Augenbrauen an.

Sie fühlte, wie sie aus irgendeinem Grund rot wurde. »Das ist einer der fortgeschritteneren Abschlüsse die man auf der Universität bekommt«, erklärte sie und war sich dabei nicht sicher ob Vair sie nur auf den Arm nehmen wollte oder ob er den Titel wirklich nicht kannte. »Dieser Abschluss ist eine Ebene höher als der Bachelor.«

»Ich verstehe.« Seine Augen funkelten als er seinen Griff um sie lockerte um seine Hände auf ihre Hüften zu bewegen. »Eine Ebene höher als der Bachelor. Ich verstehe.«

Vair machte sich über sie lustig. »Ja, das ist korrekt«, erwiderte sie ruhig und versuchte dabei die Tatsache zu ignorieren, dass seine großen Hände fast auf ihrem Po lagen. »Was für Abschlüsse gibt es bei euch? Habt ihr so etwas wie Universitäten?«

Er schüttelte seinen Kopf. »Nein, haben wir nicht. Wir lernen im Laufe unserer Leben.«

»Aber wir bereitet ihr euch auf die Arbeit vor?«, bohrte Amy weiter. »Ihr werdet doch nicht geboren und wisst dann schon alles. Was ist mit Mathe, Naturwissenschaften und Geschichte? Wie lernt ihr das alles?«

»Du *bist* ein neugieriges kleines Wesen.« Er betrachtete sie mit einem eigenartigen Halblächeln. »Du möchtest alles über uns wissen, nicht wahr?«

»Natürlich.« Amy lächelte ihn strahlend an. »Wer würde das nicht gerne?«

»Die meisten Menschen die hierher kommen«, murmelte er während er sie weiterhin anschaute. »Eigentlich fast alle von ihnen. Sie sind nur an einer Sache interessiert — und die hat nichts mit unserem Bildungssystem zu tun.«

»Dann bin ich wohl eine Ausnahme, nehme ich an«, erwiderte Amy und ihr Herz schnellte bei der eigenartigen Intensität seines Blickes in die Höhe. Hatte er einen Verdacht was sie betraf? »Es hat mich schon immer interessiert etwas über andere Kulturen zu erfahren — je exotischer desto besser.«

Er lachte leise, blieb stehen und ließ sie los. Bevor Amy erleichtert ausatmen konnte sah sie, dass sie vor einer der Bars standen. Vair musste sie irgendwie dorthin geführt haben, ohne dass es ihr aufgefallen war.

»Möchtest du etwas trinken?«, fragte er und griff nach einem Glas mit einem purpurfarbenen Getränk.

Amy zögerte. »Was ist das? Wein?«

»Nein, nur eine bestimmte Sorte Obstsaft mit leichtem Alkohol. Der Verzehr ist für Menschen geeignet.«

Sie dachte einen Moment lang darüber nach und nahm ihm dann das Getränk ab. Als seine Finger dabei ihre Hand entlangfuhren hatte sie Mühe, nicht darauf zu reagieren. Sie konnte die leichte Unregelmäßigkeit ihres Atems nicht ganz verhindern und sah, wie sich seine Mundwinkel zu einem wissenden Lächeln verzogen.

Vair konnte seine Wirkung auf sie spüren und genoss sie ganz offensichtlich.

Um den unangenehmen Moment zu überspielen hob Amy ihr Glas an und trank einen Schluck. Dieser süße aber gleichzeitig spritzige Geschmack explodierte förmlich in ihrem Mund. Sie konnte eine leichte Alkoholnote ausmachen, aber sie war zu schwach um sie aus dem Eigengeschmack des Saftes klar herauszuschmecken. »Von welcher Frucht ist dieser Saft?«, wollte sie wissen und Vair grinste während er einen Schluck von seinem eigenen Getränkt nahm.

»Es würde dir nicht weiterhelfen wenn ich dir den Namen nennen würde. Es ist eine Pflanze die wir von Krina mitgebracht haben.«

»Oh, wow.« Amy nahm einen weiteren Schluck und versuchte den komplexen Geschmack in ihrem Kopf abzuspeichern, damit sie ihn später in ihrem Artikel beschreiben konnte. Ihr Mund prickelte und ihre Kehle fühlte sich warm an, aber das könnte natürlich auch der Alkohol sein. Ein Teil von ihr fragte sich, ob sie nicht vorsichtiger damit hätte sein sollte, ein exotisches Getränk zu probieren — oder überhaupt etwas mit Vair zu trinken. Da sie allerdings auch andere Menschen in dem Klub sehen konnte, die ähnliche Getränke in ihren Händen hielten, wäre es nur verdächtig gewesen wenn sie abgelehnt hätte.

Besonders wenn sie ein Partygänger war, der sich für alles interessierte was die Krinar betraf.

Sie warf einen schnellen Blick durch den Raum und erblickte Jay der auf der anderen Seite des Raumes tanzte. Jetzt befand sich zusätzlich zu der K Barbie — Shira — auch noch ein männlicher Krinar bei ihnen. Die drei rieben sich aneinander und Jays Gesichtsausdruck ließ bei Amy keine Zweifel daran aufkommen, dass sich ihr Freund im siebten Himmel befand und seine ursprünglichen Bedenken vergessen waren.

»Läuft etwas zwischen euch beiden?« Vair trat vor sie und versperrte ihr die Sicht. Sein Ton war beiläufig aber er hatte einen eigenartigen Ausdruck auf seinem Gesicht. »Dir und dem hübschen Menschenjungen?«

Amy blinzelte. »Mir und Jay? Nein.«

»Warum nicht?«

»Ich weiß es nicht«, antwortete sie ehrlich. »Wir waren niemals auf dieser Ebene aneinander interessiert, nehme ich an.«

Sie hatte Jay während ihres Praktikums bei der Zeitung kennengelernt und sie hatten sich eng angefreundet seit sie beide nach der Uni fest dort angefangen hatten. Aus irgendeinem Grund hatte Jay niemals versucht sie ins Bett zu bekommen, obwohl er normalerweise mit allem Sex haben wollte, was nicht bei drei auf den Bäumen war. Im Laufe der Zeit holte sie sich immer häufiger Rat von ihm, angefangen bei Ferienzielen bis hin zu Problemen mit Männern. Im Gegenzug hörte sie ihm geduldig zu wenn er über seine leistungsorientierte Familie reden wollte oder erklärte ihm die weibliche Perspektive eines anhänglichen One-Night-Stands. Je mehr Zeit verging desto engere Freunde wurden sie — und das ohne die sexuelle Anziehung die normalerweise solche Männer-und-Frauen Freundschaften begleiten.

»Das ist gut«, murmelte Vair und stellte sein leeres Glas auf einem nahestehenden Tisch ab. »Es freut mich, das zu hören.«

Amy, die gerade trank, verschluckte sich fast an der süßen Flüssigkeit. Die Art und Weise, mit der Vair sie ansah hatte etwas *Besitzergreifendes*. Der Blick drückte ein heißes, männliches Verlangen und noch etwas mehr aus.

Etwas, das sie stark beunruhigte.

Amy stellte ihr Getränk auf der Bar ab, lächelte ihn vorsichtig an und trat einige Schritte zurück. »Vielen Dank für das Getränk und den Tanz, aber ich denke ich muss jetzt gehen.« Ihre Stimme klang sicher auch wenn ihr das Herz bis zum Halse schlug. »Es wird schon spät und ich muss morgen viel arbeiten.«

»Ich dachte du würdest studieren.« Vair trat näher an sie heran und ignorierte ihren offensichtlichen Wunsch nach mehr Abstand zu ihm. »Für deinen Master, war es nicht so?«

Amy schluckte. »Ja, natürlich. Ich meinte ja auch, dass ich noch eine Menge für meine Abschlussarbeit tun muss.« Mist. Er vermutete etwas — oder ihm machte es einfach Spaß mit ihr zu spielen, sie nervös zu machen. Wie auch immer, sie musste sich Jay schnappen und von hier verschwinden.

Langsam bekam sie ein mulmiges Gefühl bei der ganzen Sache.

»Ich glaube nicht, dass dein Freund schon gehen möchte«, meinte Vair und warf einen Blick auf Jay, der glücklich zwischen Barbie und dem männlichen Krinar eingeklemmt war. »Ich bin mir sogar ziemlich sicher, dass er noch bleiben möchte.« Vair hörte sich belustigt an, aber seine Augen leuchteten dunkel als er seine Aufmerksamkeit wieder Amy zuwandte und sanft zu ihr sagte: »Du solltest auch noch bleiben Liebling — und ein wenig mehr über uns erfahren.«

Amy öffnete ihren Mund um sein Angebot abzulehnen, aber in diesem Moment wurde das Licht noch gedämpfter und die Musik veränderte sich, wurde doppelt so laut wie vorher. Sie konnte ihren Freund am anderen Ende des Raumes nicht mehr sehen; das dunkelrote Leuchten ließ es kaum zu, dass sie Vairs Gesicht erkannte und er stand genau vor ihr.

»Warte—«, begann sie zu sagen, da der plötzliche Stimmungswechsel sie beunruhigte aber Vair zog sie schon wieder in seine Arme und führte sie zurück auf die Tanzfläche.

FÜNFTES KAPITEL

Irritiert und alarmiert versuchte Amy Vair von sich wegzudrücken, aber das hatte den gleichen Effekt wie bei einer Wand. Ihr blieb nichts anderes übrig als seiner Führung zu folgen und sich in seinem sinnlichen Rhythmus zu wiegen, während er sie eng an sich drückte. Die Musik dröhnte mit ihrem schnellen und exotischen Beat, sein Duft umhüllte sie und sie verstrickte sich in ein dunkles verführerisches Netz. Er war so stark, dass ihre Füße kaum den Boden berührten als er sie hielt; es fühlte sich an als sei sie eine Stoffpuppe, ein lebloses Objekt, das er ganz nach Belieben bewegen konnte.

Diesmal kümmerte er sich nicht darum, einen Abstand zwischen ihnen einzuhalten. Amy konnte jeden Zentimeter seines starken muskulösen Körpers spüren und ihr wurde plötzlich panisch bewusst, dass er schon hart war, dass sich seine Erektion in ihren Bauch drückte. Sie zog Luft ein und versuchte sich erneut von ihm wegzudrücken. Wieder ignorierte er ihre erfolglosen Versuche und hielt sie ohne sichtliche Anstrengungen weiter fest. Seine Augen glitzerten in der Dunkelheit während sie sie unverhüllt hungrig anschauten. Amys Herz klopfte stärker als ihr bewusst wurde, dass er dieses Mal nicht vorhatte sie gehen zu lassen.

Nicht, bis er nicht das von ihr bekommen hatte, was er wollte.

Dieser Gedanke sollte sie ängstigen, aber die Reaktion ihres Körpers hatte nichts mit Angst zu tun. Ihre Nippel versteiften sich in ihrem BH und sie konnte die warme Feuchtigkeit spüren, die ihr Höschen tränkte. Ihr Körper wollte ihn aus einem primitiven animalischen Instinkt hinaus und ihm machte es nichts aus, dass das gegen Amys Willen war — dass ihr Kopf nichts mit Vair zu tun haben wollte.

Während ihr erzwungener Tanz sich hinzog, begann diese Nacht sich für Amy surreal anzufühlen. Alles an diesem Ort fühlte sich wie ein Traum an, angefangen bei dem roten Licht, welches von einer unsichtbaren Lichtquelle ausströmte, bis hin zu dem umwerfend schönen Mann, der sie in seiner Umarmung gefangen hielt. Die Musik pulsierte im Takt mit dem Pochen in ihrem Körper und ihr Kopf drehte sich vor überwältigten Sinnen. Das Getränk, dachte sie kurz während sie ihn anschaute, aber sie wusste, dass der Alkohol nur teilweise für diesen Nebel, der ihren Kopf einhüllte, verantwortlich war.

Er war *es*. Vair war der Grund dafür, dass sie sich so fühlte. Sie hatte noch niemals eine so starke Anziehung verspürt wie zu ihm — und der harten Beule die gegen ihren Bauch stieß nach zu urteilen, wollte er sie genauso sehr. Sein Blick versprach dunkle Freuden und zerwühlte Laken, Ekstase und Lust. Amy hörte auf, ihn wegdrücken zu wollen und legte ihre Hände auf seine Schultern, ein stillschweigendes Aufgeben, das seine Augen heller leuchten ließ. Sie wusste nicht genau wie lange sie nun schon so tanzten. Alle ihre Sinne konzentrierten sich auf ihn — auf den festen Druck seines Körpers gegen ihren und der warme Geruch seiner Haut ... auf die Art und Weise wie er sie hielt, mit einer Hand auf ihrem Rücken ausgebreitet und der anderen um ihre Hüfte. Sie bewegten sich als eine Einheit, ihre Körper schienen im Einklang zu sein, da sie überhaupt keine Möglichkeit hatte, sich anders zu bewegen. Nach einer Weile glitt seine Hand von ihrem Rücken zu ihrem Hals. Seine Finger tauchten in ihr Haar ein und strichen dabei über die nackte Haut ihres Nackens. Sie atmete schneller.

Als er ihren Kopf nach hinten beugte und ihren Mund in Besitz nahm war es schon fast eine Erleichterung für sie, auch wenn es die Spannung in ihr erhöhte, ihr Begehren verstärkte. Es gab keine Unsicherheit in der Art und Weise wie er ihren Mund nahm, nicht das kleinste Zögern. Vair küsste genauso wie er tanzte — mit dominanter Erfahrung und ruhiger Stärke. Seine Lippen und seine Zunge spielten und vereinnahmten gleichzeitig. Er wartete nicht auf eine Reaktion, er verlangte sie und Amy blieb nichts anderes übrig als nachzugeben. Mit ihren Händen hielt sie sich an seinen Schultern fest und ihre Lippen öffneten sich, um ihn zu empfangen.

Ihr Rücken kam auf einer harten Oberfläche auf und sie bemerkte, dass sie irgendwie an der Wand angekommen waren. Bevor sie sich sammeln konnte glitt eine seiner Hände in ihr Haar und bedeckte ihren Kopf. Seine andere Hand wanderte indessen weiter nach unten und kam auf ihrem Po zu liegen. Er küsste sie immer noch während er sie mit einer Hand vom Boden hob. Er drückte sie gegen die Wand um seine Erektion gegen den weichen Punkt zwischen ihren Beinen zu reiben. Der harte Druck verstärkte die sich in ihr aufbauende Spannung und Amy stöhnte in seinen Mund. Sie konnte sich nicht mehr unter Kontrolle halten.

»Ja, genauso, Liebling«, flüsterte er ihr mit seinem heißen Atem ins Ohr und streifte ihr dabei über ihre Wange. Seine Lippen spielten erst mit ihrem Ohrläppchen bevor er leicht hineinbiss, was eine Gänsehaut bei ihr hervorrief. »So ein wunderschöner, köstlicher, kleiner Liebling ...«

Amy stöhnte erneut auf. Ihre Augen schlossen sich und sie bog ihren Kopf nach hinten als er begann sie unter ihrem Kinn zu küssen. Sein Mund hinterließ eine warme, feuchte Spur auf ihrer Haut. Rational wusste sie, dass das hier falsch war, aber der rationale Teil hatte gerade nicht die Oberhand. Ihr Körper brannte und ihr Geschlecht pochte leer. »Bitte«, flüsterte sie verzweifelt. »Bitte, Vair ... « Sie wusste nicht, ob sie ihn bat aufzuhören oder fortzufahren, und das war letztendlich auch egal. Sie befand sich komplett in seiner Gewalt und er manipulierte sie ganz wie er wollte.

Er lachte tief und dunkel bevor sein Mund sich auf die empfindliche Kurve ihres Halses hinabsenkte. Sie fühlte, wie seine Zähne ihre Haut einritzten und der leichte Schmerz erhöhte ihre Erregung, brachte sie dazu, sich an ihm zu reiben. »Ja, genau so«, flüsterte er belegt und seine Hand verstärkte den Griff auf ihrem Po: »Genau so, Liebling ...«

Amy war so verloren in ihrem heißen Bedürfnis, dass sie kaum mitbekam, wie die Wand hinter ihr verschwand. Erst als sie sich ausgestreckt auf einer bequemen Oberfläche wiederfand, begannen ihre Alarmglocken zu ringen.

Wo war sie?

Panik überkam sie und sie konnte kurzzeitig ihren Kopf freibekommen. Keuchend öffnete sie ihre Augen und sah über sich gebeugt das bronzefarbene Gesicht Vairs. Die Musik spielte noch, die Lichter flackerten weiterhin, aber sie befanden sich nicht länger auf der Tanzfläche. Stattdessen fand sie sich auf einer bettähnlichen Oberfläche in einem abgetrennten Raum wieder.

»Was ... wo—?«, begann sie erschrocken zu fragen, aber er beugte nur seinen Kopf hinunter um sich erneut ihrem Mund zu widmen. Gleichzeitig ergriff er ihre Handgelenke, streckte ihre Arme über ihren Kopf und hielt sie dann mit nur einer seiner großen Hände fest.

Jetzt war sie vollkommen hilflos. Sie konnte sich nicht bewegen und war ihm völlig ausgeliefert.

Diese Tatsache sollte ihr Begehren abkühlen, aber sobald er erneut begann sie zu küssen, überkam sie eine Mattigkeit die weitere Versuche sich zu wehren im Keim erstickte. Hitzewellen rollten über sie hinweg und ihre jetzt extrem empfindlichen Nippel pochten. Sie konnte die warme Nässe zwischen ihren Beinen spüren und als Vair eine Hand auf der Vorderseite ihres Kleides hinabwandern ließ, bog sie sich ihm unbewusst entgegen, weil sie verzweifelt nach mehr verlangte.

Sie schloss ihre Augen und wurde wieder von dem Gefühl der Unwirklichkeit eingeholt. Es war alles wie ein Traum, eine dunkle Fantasie die nur in ihrem Kopf stattfand. Als Vair seine Hände unter das Oberteil ihres Kleides schob und es in der Mitte entzwei riss, schreckte Amy wegen der unerwartet gewaltsamen Bewegung kurz hoch. Aber auch diese Störung konnte sie nicht aus ihrem sinnlichen Nebel reißen. Ihre Welt bestand nur noch aus Hitze und Lust, seinen Berührungen und dem Gewicht seines Körpers auf ihr.

Ihr BH und ihr Höschen endeten genauso wie ihr Kleid, bevor er an ihrem Körper hinabglitt und ihre Handgelenke freigab, um mit seinen Händen ihre Brüste zu bedecken. Sein Mund schloss sich zuerst um einen Nippel und danach um den anderen. Amy schrie durch die intensive Empfindung auf.. Ihre Hände, die sie endlich wieder bewegen konnte, fanden ihren Weg in sein Haar und umklammerten es. Sie wusste nicht ob sie ihn näher an sich heranzog oder wegschob.

Er bewegte sich auf sie und bedeckte sie mit seinem riesigen nackten Körper und ihr fiel auf, dass seine Bekleidung verschwunden war. Sie konnte sich allerdings nicht daran erinnern gesehen zu haben, dass er sie auszog. Sie bekam keine Gelegenheit länger über dieses Mysterium nachzudenken, da ihr Fleisch überall dort wie elektrisiert kribbelte, wo sie sich berührten. Sie öffnete ihre Augen und als sie seinem Blick begegnete sah sie dort den gleichen verzweifelten Hunger den sie selbst verspürte.

Er wollte sie.

Er wollte sie und er würde sie nehmen.

Seine Knie schoben sich zwischen ihre Beine und spreizten sie. Amys Atem setzte aus als sie seine glatte, große Eichel an ihrem inneren Oberschenkel entlangfahren spürte. Auch wenn sie sie nicht sehen konnte, fühlte sich seine Erektion riesig an und ihre Muskeln spannten sich ängstlich an. Würde er ihr wehtun? Was war, wenn ihre Spezies sexuell doch nicht so kompatibel waren, wie sie gehört hatte?

Allerdings war es jetzt schon zu spät, um noch darüber nachzudenken. Bevor Amy irgendetwas sagen konnte küsste er sie wieder und nahm ihren Mund mit entwaffnendem Können in Besitz, während er sich ihrem Eingang näherte.

Sein Eindringen war langsam und vorsichtig, gab ihr Zeit, sich an seine Größe anzupassen. Trotzdem fühlte Amy, wie sie sich fast schmerzhaft ausdehnte als er immer tiefer vordrang, Millimeter für Millimeter. Ihre Hände verstärkten ihren Griff in seinem Haar und sie hätte aufgeschrien, wenn ihr Mund nicht immer noch mit seinem köstlichen, berauschenden Kuss verschlossen wäre. Erst als er ganz in sie eingedrungen war ließ er sie Luft holen und zu diesem Zeitpunkt konnte Amy ihn einfach nur noch anblicken. Sie keuchte, ihr Körper fühlte sich voll und wehrlos an, war benommen von seiner in Besitznahme.

Er hielt einen Moment lang inne und erwiderte ihren Blick. Dann begann er sich zu bewegen, erst mit langsamen Bewegungen und dann mit immer schneller werdenden. Nach einigen Augenblicken ließ das unangenehme Gefühl in Amy nach und machte einer ständig wachsenden Hitze Platz. Sie schloss ihre Augen wieder und glitt mit ihrer Hand seine Seiten hinunter. Sie krallte sich in sie, als sich die Hitze in ihr verstärkte und sie mit jedem Stoß neue Höhen erreichte. Sie konnte ihre eigenen Schreie und ihr Stöhnen hören. Sie zog ihre Knie an und legte ihre Beine um seine Hüften, um ihn tiefer in sich aufzunehmen. Die Gefühle, die er auslöste waren so intensiv, dass es sich anfühlte als würde sie jeden Moment zerspringen ... was sie auch tat. Der Orgasmus, der sie durchfuhr war stärker als alles, was sie jemals zuvor verspürt hatte. Ihr Körper zitterte, ihre inneren Muskeln krampften sich um sein Geschlecht und sie hörte ihn stöhnen, als er seinen eigenen Höhepunkt erreichte.

Es ist vorbei, dachte sie benebelt und zu benommen um sich zu bewegen. Kleine Nachbeben erschütterten immer noch ihren Körper und sie fühlte sich, als hätten sich ihre Muskeln in Wackelpudding verwandelt. Ihre Hände waren immer noch in seine Seiten gekrallt und ihre Nägel waren in seine Haut versunken. Sie zwang sich dazu, ihre Hände zu lösen und sie auf der Matratze abzulegen — oder was das auch immer für eine bequeme Oberfläche da war, auf der sie lag

Danach öffnete sie ihre Augen und schaute Vair an.

Er hatte sich auf seine Ellenbogen aufgestützt und blickte auf sie hinunter. Sein Atem ging schwerer als normalerweise und sein jetzt weicheres Geschlecht befand sich immer noch tief in ihrem Körper. Als sich ihre Blicke trafen konnte sie erkennen, dass die Hitze in ihm sich nur leicht abgekühlt hatte — und dann fühlte sie zu ihrem Entsetzen, dass er in ihr erneut steif wurde.

»Alles in Ordnung bei dir?«, fragte er sanft und Amy nickte automatisch. Ihr Körper pochte immer noch von ihrer Entladung und ihr Fleisch, welches sein wachsendes Geschlecht umhüllte, war feucht und geschwollen. In ihrem Kopf herrschte ein völliges Durcheinander.

Sie, die sich ihre Bekanntschaften immer so sorgsam und bedächtig auswählte, hatte gerade Sex mit einem Mann gehabt, den sie kaum kannte.

Nicht mit einem Mann. Mit einem männlichen Krinar — einem Außerirdischen der sich ihren Körper genauso unfeierlich genommen hatte wie seine Spezies diesen Planeten.

»Gut«, flüsterte Vair und ein dunkles Lächeln umspielte seine Lippen als er erneut begann, sich in ihr zu bewegen. »Weil ich nämlich noch nicht mit dir fertig bin, kleiner Mensch ... «

Stumm vor Schrecken blickte Amy ihn an und konnte gar nicht glauben, was hier gerade passierte — dass ihr Körper wieder reagierte. Selbst das wunde Gefühl welches sie zu spüren begann schien nicht zu stören; jeder seiner Stöße schürte das Feuer in ihr bis sie erneut vor Verlangen brannte. Ihre Hände krallten sich wieder in seinen Seiten fest und ihre Beine um seine Hüften spannten sich an.

»Ja, genauso, Liebling«, murmelte er und senkte seinen Kopf um an ihrem Hals zu knabbern. Seine warmen Lippen drückten sich auf die empfindliche Haut unter ihrem Ohrläppchen und Amy erschauderte vor Lust, bog sich ihm mit einem stummen Bitten nach mehr entgegen. »So süß, genau wie ich es mir gedacht hatte ... «

Während er sie weiterhin in einem gleichmäßigen Rhythmus nahm spielte und knabberte sein Mund an ihrem Hals. Eine seiner Hände glitt zwischen ihren Körpern hinunter und tauchte in Amys feuchten Falten ein. Ihre Klitoris pochte durch diese Berührung und sie spannte sich, als sich ein weiterer Orgasmus in ihr aufbaute. Bevor sie kommen konnte, spürte sie einen schneidenden Schmerz an ihrem Hals — ein stechendes Brennen welches ihr wehtat und sie entsetzte.

Sie schrie erschrocken auf und versuchte ihn wegzudrücken, als sie spürte wie sich sein Mund auf die verwundete Stelle legte. *Diese Vampirgerüchte mussten stimmen,* dachte sie panisch ... und dann konnte sie nichts mehr denken, weil alle ihre Sinne in einer Ekstase explodierten. Der Höhepunkt, dem sie so nahe gewesen war, überkam sie, aber er nahm kein Ende — die Empfindungen intensivierten sich anstatt langsam abzuebben, während sie ihre Entladung hinausschrie. Ihre Haut brannte, ihr Herz raste und sie konnte nichts Anderes wahrnehmen als dieses unbeschreibliche Lustgefühl. Sein an ihrem Hals saugender Mund, die kräftige Bewegung seines Geschlechts — das waren die einzigen realen Dinge in ihrer Welt, und sie schrie während ihr Körper sich immer wieder in unerbittlicher und qualvoller Wonne krampfte.

Sie war sich nicht sicher, wie lange das Ganze dauerte — es konnten Stunden aber auch Tage gewesen sein. Alles was sie wusste war, dass die Ekstase für immer anzuhalten schien, bis ihr Körper und ihr Kopf nicht mehr konnten und sie in Vairs dunkler Umarmung ihr Bewusstsein verlor.

SECHSTES KAPITEL

Der Wecker klingelte ohne Unterlass und riss Amy aus ihrem tiefen Schlaf. Sie drehte sich stöhnend um und schlug auf den lästigen Wecker ein, damit er endlich Ruhe gab. Das Klingeln hörte auf und Amy stöhnte erneut während sie sich wieder die Decke über den Kopf zog.

Mist, sie wollte heute wirklich nicht zur Arbeit gehen. Wie konnte es nur schon Montag sein? Es war doch gerade erst Freitag —

Freitag! Amy fuhr auf und erblickte die Wände ihres Schlafzimmers. Ihr Herz schlug wild, als die Erinnerungen an die Freitagnacht langsam in ihrem Kopf hochstiegen. Sie ging mit Jay zu einem X-Klub ... sie tanzte mit einem K ... sie hatte Sex mit diesem K, und dann —

Verdammter Mist. Hatte Vair Sie gebissen? Ihre Hand berührte ihren Hals, konnte aber nur glatte, reine Haut ertasten. Generell schien ihr Körper schmerzfrei zu sein, auch wenn sie sich genau daran erinnern konnte, wie wund sie sich letzte Nacht nach dem ersten Mal gefühlt hatte — und falls ihre Erinnerungen an das zweite, dritte und vierte Mal auch nur ansatzweise stimmten, hätte sie wirklich Schmerzen haben sollen. Hatte sie das ganze nur geträumt? Und falls nicht, was war dann bloß passiert und wie war sie wieder in ihr Apartment gekommen?

Amy sprang aus ihrem Bett und rannte zu ihrer Kommode auf der ihre kleine Handtasche stand. Sie ergriff sie, holte ihr Telefon hervor und schaute auf das Display. Als sie das Datum erblickte atmete sie erleichtert aus.

Es war Samstag. Sie hatte nicht das komplette Wochenende verloren — sie hatte wohl einfach vergessen, ihren Wecker auszustellen bevor sie letzte Nacht zu Bett ging.

Allerdings konnte sie sich nicht daran erinnern letzte Nacht ins Bett gegangen zu sein, fiel ihr mit einem tiefen innerlichen Schauer ein. Das letzte, an das sie sich erinnerte, war die eigenartige kopflose Ekstase nachdem Vair sie gebissen hatte — oder was auch immer er mit ihrem Nacken getan hat. Ein eisiger Schauer durchfuhr sie bei dieser Erinnerung und in diesem Augenblick wurde ihr auch bewusst, dass sie nackt war.

Völlig nackt — obwohl sie eigentlich immer mit einem Tanktop und einem Baumwollhöschen schlief.

Irgendjemand hatte sie letzte Nacht ins Bett gebracht ... und dieser jemand war nicht Amy selber gewesen.

Zum ersten Mal verstand sie, dass jemand — höchstwahrscheinlich der K — in ihrem Apartment gewesen sein musste.

Sich immer noch hier befinden könnte.

Bei diesem Gedanken hyperventilierte Amy fast.

»Hallo«, rief sie mit zitternder Stimme. Sie öffnete panisch ihren Kleiderschrank, griff nach dem erstbesten T-Shirt und einer Yoga Hose und zog beides an. »Hallo! Ist hier jemand?«

Doch alles blieb ruhig.

Amy nahm das Telefon, öffnete die Schlafzimmertür und schlich sich in ihr kleines Wohnzimmer während sie sich versuchte einzureden, dass es keinen Grund zur Panik gab. Vielleicht *war* das alles ein Traum gewesen und sie hatte nur wieder zu viel mit Jay getrunken. Vielleicht war sie einfach nackt in ihr Bett gefallen und konnte sich nicht daran erinnern. Eigenartige Dinge passierten wenn man mit Jay ausging.

Jay! Ihr Puls raste als sie sich daran erinnerte, dass er mit ihr dort gewesen war — und das er das letzte Mal als sie ihn gesehen hatte, gerade dabei gewesen war, sich die Zeit mit zwei Krinar zu vertreiben. Was war mit ihm passiert? Wo war er jetzt?

Zu ihrer enormen Erleichterung war das Wohnzimmer leer — genauso wie die Küche und das Badezimmer. Ihr Apartment war winzig, es war nur ein umgebautes Studio, weshalb es nicht viele Plätze gab, an denen sich ein Krinar verstecken konnte. Im Moment war sie alleine und sicher.

Sie setzte sich immer noch zitternd von dem Adrenalinrausch an den Küchentisch und wählte Jays Nummer. Er antwortete nicht sofort und gerade als Amy dachte, dass sie vor Angst den Verstand verlieren würde, hörte sie wie seine schläfrige Stimme sagte: »Hallo?«

»Jay!« Sie brach fast in Tränen aus. »Jay, bist du in Ordnung?«

»Was? Ach du bist es ... Amy?« Er hörte sich verwirrt an. »Was — was ist los?«

»Jay, was ist letzte Nacht passiert?«

»Letzte Nacht?« Sie konnte quasi hören, wie sich sein schläfriges Gehirn einschaltete. »Letzte Nacht ... Mist, Süße, wir sind zu dem Klub gegangen! Dem Scheiß X-Klub! Geht's dir gut? Du bist mit dem K verschwunden und dann—«

»Was ist mit *dir* passiert?«, unterbrach Amy ihn, da sie noch nicht über ihre Erlebnisse reden wollte. »Hast du mit den beiden Krinar geschlafen?«

Jay lachte genüsslich auf. »Mit ihnen geschlafen? Süße wir haben alles außer schlafen gemacht und es war das Intensivste, was ich jemals erlebt habe — wie Ecstasy mit Heroin, nur zehnmal stärker. Ich weiß nicht einmal wie ich nach Hause gekommen bin.

Wir müssen die ganze Nacht durchgefeiert haben, ich kann mich an gar nichts erinnern.«

»Bestimmt.« Amy rieb sich ihren Nasenknochen und das Adrenalin begann langsam aus ihr zu verschwinden. Es hörte sich so an, als habe Jay das gleiche erlebt wie sie. Was auch immer letzte Nacht mit ihnen passiert war, war kein Sex von dieser Welt gewesen. Es bestätigte die Geschichten, die sie gehört hatte.

Sie war sich jetzt sicher, dass die Nacht real gewesen war — weshalb es immer noch ein Geheimnis war, wie sie Zuhause sein konnte, nachdem sie in dem Klub ohnmächtig geworden war.

Zumindest nahm sie an im Klub ohnmächtig geworden zu sein, da sie sich als Letztes an Non-Stopp-Sex und unbeschreiblich intensive Lust erinnern konnte.

Während Jay weiterredete und ihr alles darüber erzählte, was die K-Barbie mit ihm gemacht hatte während der männliche Krinar sie nahm, wog sie im Kopf alle Möglichkeiten ab. Das einzige, das Sinn ergab war, dass Vair sie nach Hause gebracht hatte ... was bedeutete, dass er wusste wer sie war und wo sie wohnte.

Nachdem sie einen Moment darüber nachgedacht hatte, kam sie zu dem Entschluss, dass er ihren Führerschein in ihrer Tasche gefunden haben musste. Wüsste er mehr über sie — wüsste er, dass sie eine Journalistin war, hätte er sie nicht so leicht gehen lassen.

Sie hatte Glück gehabt, genau wie Jay.

Als er damit fertig war, seine sexuellen Erlebnisse zu erzählen, berichtete sie ihm, was ihr passiert war. Sie ließ jedoch die gewaltvolle Natur von Vairs Verführung und ihre Hilflosigkeit dem gegenüber aus. Die Tatsache, dass sie Sex gegen ihr besseres Wissen gehabt hatte — und dass es der beste Sex ihres Lebens gewesen war — wollte Amy lieber nicht näher analysieren.

»Wow, mein Mädchen«, sagte Jay bewundernd als sie die groben Zügen der Erlebnisse ihrer letzten Nacht beschrieben hatte. »Du hast dich ja diesmal wirklich gehen lassen. Ich bin stolz auf dich. Und was jetzt? Wirst du zu dem Klub zurückgehen?«

»Nein«, sagte Amy. Diese eine Nacht voller außerirdischem Sex hatte ihr völlig gereicht. »Als Nächstes werde ich eine Story schreiben.«

Es war Zeit dafür, dass ihre Karriere begann.

ZUSATZMATERIAL

Vielen Dank, dass sie *Der X-Klub* gelesen haben! Ich hoffe, Ihnen hat diese erotische Novelle gefallen. Falls sie das getan hat, erwähnen Sie sie bitte Ihren Freunden und Kontakten der Social Media gegenüber. Ich wäre Ihnen auch sehr dankbar, wenn Sie eine Kritik hinterlassen würden, damit andere Leser das Buch für sich entdecken können.

Bitte besuchen Sie meine Website http://www.annazaires.com/deutsch.html um sich für meinen Newsletter über Neuerscheinungen einzutragen.

Wenn Sie mehr über die Krinar lesen möchten, können sie das mit *Mia & Korum (Die komplette Krinar Chroniken Trilogie)* tun. Sie ist bei den meisten Händlern erhältlich. Das Buch ist ein

Sammelband der drei langen Romane, so dass sie einen großen Auszug auf Amazon lesen können.

Gefährliche Begegnungen von Anna Zaires

Eine düstere und anregende Liebesgeschichte, die die Fans erotischer und turbulenter Beziehungen begeistern wird ...

In der nahen Zukunft herrschen die Krinar auf der Erde. Sie sind eine sehr fortgeschrittene Rasse aus einer anderen Galaxie und immer noch ein Geheimnis für uns — außerdem sind wir ihnen völlig ausgeliefert.

Mia Stalis, schüchtern und unschuldig, ist eine Studentin in New York, die ein sehr normales Leben führt. Wie die meisten Menschen, hat sie nie etwas mit den Eindringlingen zu tun gehabt — bis zu diesem schicksalhaften Tag im Park, der ihr ganzes Leben auf den Kopf stellt. Da sie Korums Aufmerksamkeit auf sich gezogen hat, muss sie jetzt mit einem mächtigen, gefährlich verführerischen Krinar fertig werden, der sie besitzen möchte und vor nichts Halt machen wird, bis er sein Ziel erreicht.

Wie weit würden Sie gehen, um ihre Freiheit wiederzuerlangen? Wie viel würden sie aufgeben, um anderen Menschen zu helfen? Welche Wahl würden Sie treffen, wenn sie beginnen, sich in ihren Feind zu verlieben?

Falls sie lieber zeitgenössische Romane mögen, wird Ihnen meine dunkle Erotikserie *Twist Me – Verschleppt* gefallen.

Twist Me – **Verschleppt von Anna Zaires**

Entführt und auf eine einsame Insel verschleppt.

Ich hätte niemals gedacht, dass mir so etwas passiert. Ich hätte mir niemals vorstellen können, dass eine zufällige Begegnung kurz vor meinem achtzehnten Geburtstag mein Leben völlig umkrempeln würde.

Jetzt gehöre ich ihm. Julian. Dem Mann, der genauso rücksichtslos wie gutaussehend ist — dem Mann, dessen Berührungen mich brennen lassen. Ein Mann, dessen Zärtlichkeit ich verstörender finde als seine Grausamkeit.

Mein Entführer ist ein Rätsel für mich. Ich weiß nicht, wer er ist, oder warum er mich verschleppt hat. In ihm ist eine Dunkelheit — eine Dunkelheit, die mir genauso Angst macht, wie sie mich anzieht.

Mein Name ist Nora Leston und das ist meine Geschichte.

Dima Zales ist ein Science-Fiction und Fantasy Romanautor und arbeitet eng mit mir an der

Entstehung der Krinar Chroniken. Außerdem ist er mein Ehemann. Er hat gerade in Amerika einen Fantasy Roman herausgebracht, der *Der Zaubercode* heißt und diesmal habe ich ihn unterstützt. Obwohl es kein Liebesroman ist, gibt es eine romantische Nebenhandlung (allerdings ohne explizite Sexszenen).

Der Zaubercode von Dima Zales

Die internationalen Bestsellerautoren der Krinar Chroniken präsentieren ihr neuestes Werk, eine fesselnde Geschichte voller Intrigen, Liebe und Gefahr in einer Welt, in der Magie und Wissenschaft untrennbar miteinander verbunden sind.

Blaise, einst ein respektiertes Mitglied des Rates der Zauberer und jetzt ein Außenseiter, hat das letzte Jahr damit verbracht, an einem ganz besonderen magischen Objekt zu arbeiten. Sein Ziel ist es, die Magie allen zugänglich zu machen, nicht nur den ausgewählten Zauberern. Das Resultat seiner Arbeit ist allerdings völlig anders, als er sich das jemals vorgestellt hätte – denn anstelle eines Objekts erschafft er sie.

Sie ist Gala und alles andere als seelenlos. Sie wurde in der Zauberdimension geboren, ist wunderschön und hochintelligent – und niemand weiß, wozu sie alles fähig ist. Um Erfahrungen in der Welt zu sammeln, ist sie bereit alles zu tun ... sogar den Mann zu verlassen, in den sie sich gerade verliebt hat.

Augusta, eine mächtige Zauberin, sieht Blaises Werk als die vermessenste aller Anmaßungen an. Für sie ist Gala eine Bedrohung, die zerstört werden muss. In ihrer Aufgabe, die menschliche Rasse zu retten, wird Augusta neue Allianzen eingehen und sich in ein Netz aus Intrigen verstricken, welches sich weiter erstreckt, als alle vermuten. Es könnte sogar sein, dass sie sich gezwungen sieht, ein Bündnis mit ihrem neuen Liebhaber Barson einzugehen, einem erbarmungslosen Krieger, der seine eigenen Pläne verfolgt ...

* * *

Für zusätzliche Informationen zu Händlern, Hörbuch Links, Übersetzungen und mehr besuchen Sie bitte http://www.annazaires.com/deutsch.html.

ÜBER DIE AUTORIN

Anna Zaires ist eine *USA Today* und Internationale Nr.1 Bestseller Autorin. Anna Zaires hat sich schon im zarten Alter von fünf Jahren in Bücher verliebt, in dem ihr ihre Großmutter das Lesen beibrachte. Kurz darauf schrieb sie auch schon ihre erste Geschichte. Seitdem lebt Anna neben der realen Welt auch ständig in einer Phantasiewelt, in der ihr nur ihre eigene Vorstellungskraft Grenzen setzen kann. Zurzeit lebt die verheiratete Autorin in Florida, zusammen mit ihrem Traummann, dem Sience-Fiction und Fantasy Romanautoren Dima Zales, der auch eng mit ihr zusammenarbeitet.

Bitte besuchen Sie http://www.annazaires.com/deutsch.html um mehr zu erfahren.

www.ingramcontent.com/pod-product-compliance
Lightning Source LLC
Chambersburg PA
CBHW070317120726
47910CB00007B/2524